Eduardo Jackson

Ganar perdiendo

Eduardo Jackson Cortés

Ganar perdiendo

Reimpresión del original, primera publicación en 1878.

1ª edición 2024 | ISBN: 978-3-36805-115-0

Verlag (Editorial): Outlook Verlag GmbH, Zeilweg 44, 60439 Frankfurt, Deutschland
Vertretungsberechtigt (Representante autorizado): E. Roepke, Zeilweg 44, 60439 Frankfurt, Deutschland
Druck (Imprenta): Books on Demand GmbH, In de Tarpen 42, 22848 Norderstedt, Deutschland

GANAR

PERDIENDO,

JUGUETE CÓMICO

EN UN ACTO Y EN PROSA,

ORIGINAL DE

DON EDUARDO JACKSON CORTÉS.

MADRID.
HIJOS DE A. GULLON, EDITORES.
OFICINAS: POZAS—2—2.º

1878.

PERSONAJES.	ACTORES.	
CÁRMEN	Sras.	Diaz (A.)
MANUELA		Diaz (D.)
DON RUFO	Sres.	Mesejo.
ANTONIO		Arana.
CURRITO		Peluzzo.
SANTIAGO		Catalan.

ACTO UNICO.

Sala decentemente amueblada en casa de Cármen.

ESCENA PRIMERA.

MANUELA. Dan las doce en un reló de sobremesa.

Las doce; dentro de media hora habrá dado fin el sainete en proyecto, y cuyo desenlace será una boda, ó por mejor decir, dos, si don Antonio me cumple su palabra. Tambien yo soy mujer, y como todas, tambien tengo deseos de pasarme por la calle de la Pasa. Pero qué ganas tengo, Señor!

ESCENA II.

MANUELA y CÁRMEN.

CARMEN. Manuela?
MAN.   Mande usted?
CARMEN. ¿Han dado las doce?
MAN.   Ahora mismo, señorita.
CARMEN. Poco puede tardar Antonio.
MAN.   Y los demas?
CARMEN. Los demas para tí, se reducen á Currito.

Y es natural, señorita: como que es mi novio. Lo que usted siente por don Antoñito, siento yo por él, que tambien soy de carne y hueso. Poco importa que usted haya recibido una esmerada educacion y yo sea casi una paleta, para que sintamos lo mismo. El amor es lo único que ha repartido la Divina Providencia con justicia.

CARMEN. Mucho te has despabilado en Madrid.

MAN. Es que el agua de Lozoya y los aires de la plaza de Oriente, despejan mucho los sentidos.

CARMEN. Ya lo creo; y dime: ¿tú tienes confianza en que Currito sepa desempeñar bien su papel?

Ya ha oido usted lo que dice don Antoñito, y lo que él mismo cuenta de los papeles que ha hecho; y despues de todo, señorita, quién no ha sido alguna vez comediante en este mundo?

CARMEN. Es verdad. Quiera Dios que nos salga bien esta farsa.

MAN. Mire usted que es ocurrencia la del viejo.

CARMEN. Si no fuera mi tio...

MAN. Casarse á los... ¿Cuántos años tiene?

CARMEN. Sesenta.

MAN. Bonita edad para rezar el rosario; pero lo que es para marido...

CARMEN. ¿Qué sabes tú?

MAN. Hay cosas que se adivinan sin saberse. Cómo supo Eva que la manzana era fruta que se comía?

CARMEN. Qué se yo? Volviendo á mi tio: despues de haber ganado el pleito que ha sostenido conmigo, y que casi me ha dejado por puertas, quiere reparar su falta dándome su mano y su fortuna.

MAN. Sabe usted lo que yo creo? que su tenacidad en querer ganar el pleito á todo trance ha sido para obligarla á usted á que se case con él.

CARMEN. Toma, pues está claro; quién duda eso? (Campanilla.)

MAN. Llaman; deben ser ellos.

CARMEN. Sí.

MAN. Ellos son; y tambien viene el gallego.

CARMEN. En qué lo has conocido?

MAN. En las pisadas.

CARMEN. Ves á abrir.

MAN. Voy. (VÁSE.)

ESCENA III.

CÁRMEN.

Si fracasa nuestro plan, estamos lucidos: y lo que es yo, no me caso con mi tio: primero me tiro por el viaducto de la calle de Segovia, y pongo fin á mis dias trágicamente.

ESCENA IV.

CÁRMEN, MANUELA, ANTONIO, CURRITO y SANTIAGO.

ANT. Adios, Cármen.

CARMEN. Bien venido.

CURRO. Estoy á los piés de usted.

MAN. Qué fino vienes.

CURRO. Como que estoy ya poniéndome en caraiter.

SANT. Soy de usted como debo.

CARMEN. Buenos dias. Este caballero será...

ANT. El patron de mi casa á quien le he ofrecido mil reales...

SANT. Que me debe.

ANT. Eso es, que le debo y que le daré, con tal de que represente bien su papel de autoridad, en la farsa que vamos á representar á tu tio y mi rival, el señor don Rufo, natural y vecino de Colmenar Viejo. El señor don Santiago...

SANT. Santiago nada más. El don me ofende.

CARMEN. Es usted muy modesto.

SANT. No señora, nun soy modesto. Mi hermano se llamaba así y se murió de hambre.

ANT. Este señor ha sido soldado...

SANT. No señor, fuí cabo segundo. Quisieron hacerme general, peru yo non quise porque no tenía dinero para cumprar la faja. Prosiga usted.

Ant. Ha sido despues portero en Gobernacion, agente de órden público y últimamente sereno. Un suizo.

Sant. No señor, yo nunca fuí más que gallego y es bastante.

Ant. Ya le he puesto al corriente de todo y no hay cuidado que falte.

Sant. No hay cuidado que falte. Más bien sobraré.

Ant. Ya lo ves. Será un eco mio.

Sant. Sí señor, será un eco mio. (Manuela y Currito han estado hablando aparte.)

Carmen. Bien se aprovecha el tiempo.

Curro. Señorita, yo soy un mocito bien aprovechao.

Ant. Y qué tal vamos de valor?

Carmen. Valor no me falta, pero no sé por qué desconfío.

Ant. Á qué viene ese temor á un vejete de Colmenar Viejo, teniendo á tu lado á un hijo de Madrid?

Curro. Y á un andaluz.

Sant. Y á un gallego.

Curro. Yo soy hijo de la Isla de San Fernando, es decir, un salinero, conque calcule usted si tendré yo sal pa darle cuatro capotazos en la cabeza á ese vecino del Colmenar.

Carmen. Sabrás representar bien tu papel?

Curro. Que si sabré yo? Várgame Dios! Señorito, conteste usté por mí, porque hay cosas que me da vergüenza é contestá.

Ant. Si ha hecho funciones.

Man. No se lo he dicho yo á usted?

Curro. Funciones de *treato*.

Carmen. De veras?

Curro. No, de veras no; de infisionaos y siempre me daban los papeles más difísiles, porque desía er director que yo tenía mu buenos dictongos. El último sainete que jise en Chipiona fué la *Carcajá* y otavía se están riyendo.

Carmen. Hola!

Curro. Toma! Como que el alcalde me mando salí.

CARMEN. Á la escena?

CURRO. No, del pueblo.

TODOS. Já, já!

CURRO. Pus y cuando jise los *mamantes* de Teruel? Yo jise de Morcilla. Qué pulmones y qué manera de gritar cuando me ataron al árbol. Vino jasta la guardia civil.

CARMEN. Jesús!

CURRO. Toma! Si detrás del árbol estaba er director con un arfilé asina y me pinchaba en las pantorrillas. En fin, de qué modo gritaría, pare... pare... que á los gritos acudió mi pare que estaba en Valencia.

SANT. Y diga usted, cómo su padre acudió tan pronto?

CURRO. Porque mandó que lo meticran en un parte telegráfico!

TODOS. Já, já!

ANT. Ya ves, descuida, que él hará todo lo que yo le he dicho.

SANT. Y creo que un poquito más.

CURRO. Que si haré yo lo que usted ma dicho? Várgame Dios. Si una palabra de usted tiene para mí más fuerza que el mandato de un rey disoluto. Á quien le debo yo la vía despues de muerta mi abuela más que á usté? Ademas, me tiene prometío que en cuanto tome er título de méico y se case, me pone una barbería y me jase sangraó, conque carcule usté si tendré yo ganitas de empuñar la lanseta y la navaja de desoyar. Ya tengo encargaos media docena de gatos pa lo que caiga.

SANT. Dónde pone usted la tienda?

CURRO. Pa qué quiere usté saberlo? Pa ser mi parroquiano?

SANT. No, para no pasar por la calle.

CARMEN. Por supuesto, que en llegando ese dia, le cumplirás la palabra que le tienes dada á Manuela?

CURRO. Ya lo creo que la cumpliré, como que tengo más ganas que ella, que es cuanto se pué disir.

MAN. Tú que sabes?

CURRO. Me lo caiculo.

MAN. Anda, vete al demonio.

CURRO. Curriyo, contigo me vengo. (Á Santiago.)

Sant. Hágame usted el favor de no ponerme malos nombres.

Ant. Conque vamos á ver; no hay que perder tiempo: conviene que don Rufo ignore que yo soy tu novio: por lo tanto, Curriyo es el encargado de hacerte el amor; yo soy el médico de la casa, pues con este título tengo más franca la entrada. Mi distinguido amigo el señor don Santiago de Peralta...

Sant. Soy de usted como debo.

Ant. Se presentará á su debido tiempo, á desempeñar el papel que le hemos confiado, el cual espero lo ejecutará á las mil maravillas.

Sant. Á las mil maravillas.

Ant. El mundo es una pura comedia, conque seamos todos actores en nuestro provecho.

Sant. En nuestro provecho.

Curro. Al pelo.

Carmen. Dios te oiga.

Curro. Diga osté: le paese á osté conveniente que me traiga er capote de torear, por si er bicho se entablera?

Ant. No habrá necesidad, ya lo sacaré yo á los medios.

Curro. Mucho ojo, que es del Colmenar.

Ant. Descuida.

Curro. Aproveche usté bien el terreno: en cuanto se cuadre se tira usté encima y jasta la mano.

Sant. Ha sido usted toreru?

Curro. La afision... Quién no entiende algo de cuernos? En mi tierra toos los domingos toreábamos á un aguador·

Sant. Ese ajuador non sería gallego.

Curro. Qué disparate. (De Sevilla, como usté.)

Sant. Ya decia yo.

Ant. Á qué hora quedó en volver tu tio?

Carmen. Á las doce y media.

Ant. Ya no puede tardar. Cada uno á su puesto y Manuela os avisará. Tú, Cármen, no olvides mis consejos; en no sabiendo qué decir, desmayo al canto ó tiritones de nervios: es un recurso de mucho efecto. Ea, cada uno á su destino y ojo alerta.

Sant. Señurita, tendré una verdadera satisfaccion en contribuir por mi parte á la labranza de su infelicidad.

Carmen. Gracias.

Sant. Soy de usted comu debu.

Curro. Carmencita, le suplico á usté que no se ria cuando me vea con la leyosa, los guantes y la chistera.

Carmen. Pierde cuidado: aunque tratado en cómico es un asunto para mí muy serio.

Curro. Ya lo creo. Manolilla, ya verás tú quién soy yo, cuando me ponga á jasé el amor por lo fino.

Ant. Andando. No perdamos tiempo.

Curro. Al avío, Adios chiquilla. Vivan las espabilaeras del sacristan de la iglesia aonde te echaron el agua.

Man. Adios, pillastre.

Sant. Soy de ustez comu debu. (Vánse Currito y Santiago.)

ESCENA V.

CARMEN, MANUELA y ANTONIO.

Diga usted, qué hago con las pistolas que ha traido Currito?

Ant. Dejarlas en el cuarto del pasillo hasta qué él las necesite.

Man. Pero están cargadas?

Ant. Hasta la boca.

Carmen. Jesus!

Ant. No las toques.

Man. Descuide usted.

Carmen. Antonio, por Dios!

Ant. No tengas cuidado. (Campanilla dentro.)

Man. Llaman.

Carmen. Él debe ser.

Ant. Corre á abrir. (Váse Manuela.)

ESCENA VI.

CÁRMEN, ANTONIO.

ANT. Siéntate aquí. El codo sobre la mesa. La mano en la mejilla. La vista baja. De cuando en cuando un suspiro acompañado de un respingo. Yo aquí á tu lado, tomándote el pulso.

CARMEN. Dios quiera que yo no me ria.

ANT. No importa: los nervios lo permiten todo. Ya vienen. Principie la farsa.

ESCENA VII.

LOS MISMOS, MANUELA y D. RUFO.

MAN. Ay! ay! ay! (Llorando.)

RUFO. Pero no llores, muchacha, que eso no será nada.

MAN. Pobre señorita...

RUFO. Vamos, tranquilízate.

MAN. (Qué trabajo cuesta llorar sin ganas.)

RUFO. Santos y buenos dias nos dé Dios. (Bajando despues de dejar el sombrero.)

ANT. Felices.

RUFO. Demonio! Otra vez el médico aquí. Oye, chica. ¿Suele hacer muchas visitas á tu ama este señor?

MAN. Una diaria.

RUFO. Y dura mucho?

MAN. Desde por la mañana hasta noche.

RUFO. Caracoles!

MAN. Si está muy malita. Pobre señorita mia! (Llorando.)

RUFO. Vamos, mujer. Y de qué está mala?

MAN. De los nervios.

RUFO. Y no tiene remedio?

MAN. Uno sólo, segun dice el médico.

RUFO. Cuál?

MAN. Casarse.

RUFO. Ah! pues entónces... Con que...

ANT.	Chis...
RUFO.	Qué?
ANT.	Que hable usted bajo. Hoy está incapaz: tiene los nervios como los alambres del telégrafo. Hay momentos en que casi se les oye vibrar.
MAN.	Pobrecita mia! (Llorando.)
RUFO.	Vamos, cállate tú.
ANT.	Le precisa á usted mucho hablar con ella hoy?
RUFO.	Hombre, sí: quiero ver en qué quedamos. Y á ella tambien le conviene decidirse, porque si el matrimonio la ha de poner buena... En mala edad está usted para ofrecer los servicios humanos que la ciencia prescribe. Pero en fin, puesto que usted lo quiere, sea. Voy á darla un glóbulo de estrignina para ver si consigo que se le calme un poco. (Saca un glóbulo y se lo da.)
RUFO.	¡Estrignina! Este hombre cura á las personas con lo que en mi pueblo matan á los perros!
MAN.	Ya ve usted, tomando estrignina.
RUFO.	Pobre muchacha; y es bonita.
ANT.	No se acerque usted mucho.
RUFO.	Por qué?
ANT.	Porque pega.
RUFO.	Caracoles!
CARMEN.	Ay! (Suspirando.)
ANT.	Qué tal, Carmencita?
CARMEN.	Bien.
RUFO.	Me alegro, palomita mia. (Acercándose.)
ANT.	(Dale que eso va muy tierno.) (Ap. y rápido á Cármen.)
CARMEN.	(Deja que se acerque más.) (Lo mismo.)
RUFO.	¿Qué ha dicho?
ANT.	No sé.
RUFO.	Qué me dices, ángel mio? (Acercándose más.)
CARMEN.	¡Ay! (Suspirando con fuerza y dándole un bofeton.)
RUFO.	¡Caracoles!
MAN.	Pobrecita mia. (Llorando.)
CARMEN.	(Chúpate esa.)

Ant.	No se lo dije á usted?
Carmen	Usted dispense.
Rufo.	No hay de qué.
Carmen.	Suspiro con una fuerza...
Rufo.	Sí; ya lo he visto.
Carmen.	Y siempre estoy suspirando.
Rufo.	(Bueno es saberlo.)
Ant.	Los nervios tienen esa gracia.
Rufo.	Pues mire usted, es una gracia, que maldita la gracia que á mí me hace. Pero yo creo que con el casamiento se apaciguarán los nervios.
Man.	Segun y conforme.
Rufo.	Conque querido doctor, si usted cree que está en disposicion, quisiera hablar á solas con ella un momento.
Ant.	No hay inconveniente por ahora, segun creo. Se siente usted bien, Carmencita?
Carmen.	Sí señor.
Ant.	Pues entónces, con su permiso me retiro.
Carmen.	No muy lejos. Usted es mi único consuelo; mi única esperanza.
Ant.	Confíe usted en mí.
Carmen.	Adios, doctor. (Le da la mano.)
Ant.	Hasta luégo.
Man.	Me necesita usted, señorita?
Carmen.	No, ahora no.
Ant.	Ojo alerta. (Á Manuela al foro.)
Man.	No hay cuidado. (Lo mismo. Vánse Antonio y Manuela.)

ESCENA VIII.

CÁRMEN y D. RUFO.

Rufo.	Me permites, sobrina mia, que me siente á tu lado?
Carmen.	Como usted quiera. (Rufo se sienta.) No, no tan cerca.
Rufo.	Sientes acaso voluntad de suspirar?
Carmen.	Sí, señor; mucha.
Rufo.	Caracoles! (Se retira un poco.)
Carmen.	Así. No se ponga usted al alcance de mi brazo.

Rufo. Bien: como tú quieras, ángel mio.

Carmen. Por Dios, no se ponga usted tan tierno.

Rufo. Por qué?

Carmen. Porque me ataco de los nervios.

Rufo. Mi ternura te hace ese efecto?

Carmen. Ay, sí señor.

Rufo. Eso es ahora, pero despues de casados, ya te sonarán bien en los oidos mis palabras cariñosas. ¿No es verdad, lucero de mis ojos? (Se acerca.)

Carmen. Ay! (Estirando los brazos y dándole un golpe.)

Rufo. Caracoles! (Se retira.)

Carmen. Usted dispense.

Rufo. No hay de qué.

Carmen. No le he dicho á usted que no se acerque?

Rufo. Pero dime, chica, para qué me voy á casar contigo si no puedo acercarme?

Carmen. Pues eso es.

Rufo. Pues eso es, digo yo.

Carmen. No veo la necesidad de que usted se acerque á mí para nada. El único que tiene derecho á acercarse á mí para tomarme el pulso, es mi médico.

Rufo. Conque tú médico?

ESCENA IX.

LOS MISMOS y ANTONIO.

Ant. Llamaban ustedes?

Rufo. No, no señor.

Ant. Creí...

Carmen. Retírese usted, Doctor, yo le llamaré cuando me haga falta.

Ant. Está muy bien. (Váse.)

ESCENA X.

CÁRMEN y D. RUFO.

Carmen. Si yo me caso con usted, es porque usted me obliga á

ello. Por lo demas, viviremos en una completa separacion; en una rigurosa independencia. Sólo mi médico
tendrá la entrada libre á todas horas en mi departa-
mento.

Rufo.   Conque á todas horas... el médico?

ESCENA XI.

LOS MISMOS y ANTONIO.

Ant.   ¿Qué ocurre?
Rufo.   Nada, hombre, nada.
Ant.   Pensé...
Rufo.   Ya me va cargando á mí este matasanos.
Ant.   Si ocurre algo...
Carmen. Yo le llamaré. Gracias, doctor.
Ant.   Usted mande. (Váse.)

ESCENA XII.

CÁRMEN y D. RUFO.

Rufo.   Conque viviremos en una completa separacion?
Carmen. Sí, señor; no nos veremos más que los domingos por la
mañana.
Rufo.   Nada más que los domingos... y por la mañana? Oye, y
por qué no por la noche?
Carmen. Porque por la noche no hay misa.
Rufo.   Ah! Conque nosotros no nos casamos más que para oir
misa?
Carmen. Yo tengo que pedir á Dios con todo el fervor de mí
alma, por la vida de mi esposo, que estará continua-
mente en peligro.
Rufo.   Cómo en peligro!
Carmen. En peligro de muerte.
Rufo.   ¡Caracoles!
Carmen. Usted se verá continuamente amenazado.
Rufo.   Por quién?

CARMEN. Por un hombre.

RUFO. Y se llama?...

CARMEN. Currito!

RUFO. Currito?

CARMEN. Yo no he podido hacer más que prohibirle que me vea, pero él ha jurado que me verá ahora y siempre; ya ve usted que no puedo ser más franca.

RUFO. Ya: ya lo veo. En cuanto á Currito, yo me encargo de espantarle. ¿Pues qué has creido tú, que aunque viejo no tengo mi alma en mi armario? No es la primera vez que me he visto delante de un hombre. Conque Currito, eh? Que se presente. Que se presente, y verá quién soy yo. Brrr!... Soy del Colmenar Viejo!... Pues no faltaba más! Caracoles... caracoles!

ESCENA XIII.

LOS MISMOS y CURRITO con levita, sombrero de copa alta, guantes y baston. Algo ridículo.

CURRO. Buenos dias.

CARMEN. Él es!

RUFO. ¡Caracoles! (Currito sigue hablando en andaluz, pero con afectada finura.)

CURRO. Qué ha sido eso? Sa asustado ustés, caballero?

RUFO. No señor; yo no me asusto nunca.

CARMEN. Dios mio!

CURRO. Pus malegro: poique á mi me gusta habérmelas con los chavositos que tienen aforrado de piel de Rusia las entretelas del corazon.

CARMEN. Currito, por Dios!

RUFO. Pero sobrina, cómo te has enamorado tú de un hombre que se llama Currito?

CURRO. Si señó: y qué tiene eso de particular? Es acaso un nombre tan feo que asuste á las mujeres? Pus miste; puste hablá usté! Valiente nombre aviyela er gachó! Rufo! Pero criatura, si su nombre de usté se paese ar bufío de un toro!

Rufo.   De eso entenderá usted. Siempre será usted un mata-
chin de invierno.

Curro. Tambien soy aficionao, y lo mesmito mato toros que
hombres.

Rufo.   Bah!

Curro. Bah! No comiense usté á berreá poique aquí mesmo lo
escabeyo.

Carmen. Señores...

Rufo.   Qué descarados son estos andaluces!

Curro. El descarao lo va á ser usté, poique lo voy á dejá sin
cara.

Carmen. Ay, Dios mio!

Rufo.   Cómo se entiende?

Curro. No te apures tú, sol de los soles.

Rufo.   (Observo que cuando se acerca éste no suspira del mismo modo que cuando me acerco yo.)

Curro. Quiéreme tú á mí, niña é mis ojos, poique con tal qué
tú me quieras, qué me importan á mí toos los carca-
males der mundo!

Rufo.   Oiga usted, señor mio; en mi presencia no permito yo
que dirija usted esos piropos á la que va á ser mi
mujer.

Curro. Qué! Qué ha dicho ese hombre, que tú vas á ser su
mujer? Y pa qué quiere usté esta perlita so caracol?
Pa llenarla de baba?

Rufo.   Insolente!

Carmen. Por Dios!

Curro. Malos mengues jueguen á la pelota con su calavera de
usté, si no le voy á abrir una tronera en el estrógamo,
po aonde le quepa la catreá de Sevilla con monaguiyos
y tó.

Rufo.   Le advierto á usted que á mí ninguno me falta.

Curro. Y á mí ninguno me sobra más que usté.

Rufo.   Eso lo veremos.

Curro. Lo veremos.

Carmen. (Tomaré el consejo de Antonio.) Ay! ay! ay!

ESCENA XIV.

DICHOS, ANTONIO y MANUELA.

Antonio pasa á sostener á Cármen y ella le echa un brazo por encima del hombro.

ANT. ¿Qué es esto?

MAN. Señorita. Ay, Dios mio. (Llorando.)

CARMEN. Ay! (Cayendo en brazos de Antonio.) Ay! (Estirando el brazo y dándole un puñetazo á D. Rufo, que se acerca.)

RUFO. Caracoles! (Antonio y Manuela colocan á Cármen en un sillon, donde queda desmayada.)

CURRO. ¡Tómalas allá!

RUFO. ¡Qué afortunado soy! Siempre me toca el suspiro más gordo.

ANT. Llevémosla á su habitacion.

CURRO. Si, llevársela, porque aquí va á ver más sangre que cuando degüellan un bicho.

MAN. Pobrecita! Ese viejo tiene la culpa de todo. (Llorando.)

RUFO. Calla tú, Jeremías.

MAN. Feo.

RUFO. Deslenguada!

CURRO. Alto el fuego. (Deteniéndole. Antonio y Manuela se llevan á Cármen.)

ESCENA XV.

D. RUFO y CURRITO.

CURRO. Usté no dudará de que yo soy too un cabayero.

RUFO. Hasta cierto punto.

CURRO. Bien: pues espéreme usté aquí y too quedará arreglao.

RUFO. Sí, hombre; arréglemonos por Dios.

CURRO. Pus ya se ve que nos arreglaremos Voy por el arreglo. (Váse.)

ESCENA XVI.

D. RUFO, á poco ANTONIO.

RUFO.   Qué arreglo irá á traer este? Sea lo que sea, yo no puedo retroceder. Ea, Rufo, valor, que no se diga que un andalucillo de mala muerte ha vencido á un hijo de Colmenar Viejo. (Sale Antonio.)

ANT.   Amigo don Rufo, parece mentira que un hombre de sus años no tenga más cordura.

RUFO.   Pero doctor, si la chica está dispuesta á casarse conmigo voluntariamente.

ANT.   Voluntariamente? Ya sabe usted que no. Ama á otro hombre.

RUFO.   El hombre que dice que ama es un mequetrefe, un chisgaravís.

ANT.   Mire usted que el hombre á quien ama no es ningun chisgaravís, se lo aseguro á usted. Mire usted que muchas veces se pierde cuando se cree ganar.

RUFO.   Ha dicho que iba por el arreglo. Buen arreglo te dé Dios. Alguna andaluzada; alguna bocanada de humo.

ESCENA XVII.

LOS MISMOS y CURRITO con dos pistolas.

CURRO.   El arreglo. (Presentándoselas.)

RUFO.   ¡Caracoles!

ANT.   Efectivamente, una bocanada de humo.

RUFO.   (En qué belen me he metido yo, señor?)

ANT.   No tema usted, si es un chisgaravís.

CURRO.   Conque vamos, no perdamos tiempo. Yo tengo mucho que jasé y ántes quiero darle al señó el pasaporte pá el otro barrio.

RUFO.   Pero doctor, usted consiente...

ANT.   Y qué he de hacer?

Curro. Menos conversacion, que ya me va fartando la paciencia; ó acepta usted y el señó se conforma, ó le pego un tiro á cada uno y echo á corré con la chabala. (Apuntando á los dos.)

Rufo. No, hombre.

Ant. Hombre, no.

Rufo. Conque no hay remedio?

Curro. No hay remedio. Uno de los dos ha de morí.

Rufo. (Que andaluz más bruto.)

Ant. . Señor Currito, permítame usted hablar dos palabras aparte con este caballero.

Curro. Si no son más que dos, concedío. (Currito se retira, se pasea, se pone en guardia y apunta alguna vez á D. Rufo.)

Ant. Don Rufo: usted es tio de Carmencita: yo soy el médico de la casa y debo interesarme por la salud de cuanto la pertenezca.

Rufo. Hombre, sí: interésese usted por mí y por mi salud.

Ant. Bátase usted con ese hombre.

Rufo. Qué! Pues vaya un modo de interesarse por mi salud! Hombre, no juegue usted con esas armas! (Porque ve á Currito que apunta.)

Curro. Estoy cavilando por donde le voy á meter la bala.

Rufo. ¡Vaya una gracia!

Ant. Tiene usted miedo?

Rufo. Hombre, me hace usted una pregunta...

Ant. No tema usted, yo extraeré la bala de la pistola de su adversario.

Rufo. Se quiere usted estar quieto? (Currito apunta.)

Curro. Si es que me mata la impaciencia.

Ant. Ya hemos concluido.

Curro. Y qué?

Ant.. Que el señor se bate.

Rufo. Sí señor, me bato. (Que no se le olvide á usted sacar la bala.)

Ant. No hay cuidado. Vengan las pistolas.

Curro. Vayan.

Rufo. Ah! Oiga usted, mi sobrina al oir los tiros se va á asustar.

ANT. Ya he contado yo con eso. Mi sistema es el sistema homeopático. Sólo una impresion violenta puede curarla radicalmente.

RUFO. Ah! pues si así se cura mi sobrina. .

CURRO. Vamos.

RUFO. (Que no se olvide la bala.) Y diga usted, si yo lo mato, qué hacemos con el muerto?

ANT. Ya lo tengo yo pensado. (Durante los apartes de D. Rufo y Antonio, Currito habrá estado adoptando diferentes posturas para el duelo.) Cerrremos primero las puertas. Ahora yo, como único testigo, examinaré las pistolas.

RUFO. (No se olvide usted de aquello.) (Antonio sube al foro y examina las armas. D. Rufo y Currito se colocan el uno en frente del otro, mirándose de hito en hito.) (Cómo me colocaré para que no me deje tuerto con el taco?

CURRO. No tiemble usted, hombre.

RUFO. Yo no tiemblo nunca. (Si se le olvidará aquello?)

CURRO. Estése usted quieto pa que le dé buena muerte.

ANT. Están corrientes. Tome usted y tome usted. (Primero á Curro.)

RUFO. (Se acordó usted de aquello?)

ANT. Sí.

CURRO. (Á pesá é sé de mentirigilla, me suben unos escalofrios por las piernas arriba!...)

ANT. Á las tres palmadas, disparen ustedes los dos á la par. (Sube al foro.)

RUFO. Ha dicho usted que á la segunda palmada?

ANT. No, hombre, no. Á la tercera.

CURRO. Me alegro que lo haya repetío usté, poique yo iba á dizpará á la primera. (Antonio vuelve á subir al foro y da tres palmadas muy marcadas. Á la tercera disparan los dos, ambos caen al suelo y se quedan inmóviles.)

ANT. Qué es esto? Se han muerto los dos? (Voces dentro de Cármen y Manuela y golpes en la puerta.)

ESCENA XVIII.

LOS MISMOS, CÁRMEN y MANUELA.

CARMEN. ¿Qué es esto?

MAN. Ay! Dios mio! un muerto!

CARMEN. No, dos!

ANT. Eso es lo que yo no entiendo. Yo no contaba más que con uno.

MAN. Viva! viva! que se ha muerto el viejo.

CARMEN. ¡Qué alegría! ¡Qué alegría!

RUFO. Sí, eh? Pues ya no estoy muerto. (Levantándose.)

CARMEN. Por qué lo ha fingido?

RUFO. Para convencerme de lo mucho que me quieres.

MAN. Qué lástima.

RUFO. Miren la llorona.

ANT. Este no lo finge. Este está muerto de veras. (Todos se acercan á Currito.)

RUFO. Caracoles!

MAN. Pobre Currito.

CARMEN. Ay Dios mio, cuánta sangre!

RUFO. De veras!

ANT. Mire usted.

RUFO. No, no por Dios, que me voy á desmayar. (Voz de Santiago dentro, y sale fore.)

SANT. Paso á la justicia.

RUFO. Ay!

MAN. Ahora las pagarás todas juntas.

RUFO. Sálveme usted. (Á Antonio.)

ANT. Haré lo posible. Colóquense ustedes aquí. (Coloca á las dos señoras delante de Currito como para cubrirle. Sale Santiago.) (No tenga usted esa cara tan triste. Ríase usted.) (Ap. á Rufo.)

RUFO. Sí: ya me rio, ya me rio.

SANT. Soy de ustedes como debo.

ANT. Quién es usted, caballero?

Sant.	Soy de la policía secreta.
Rufo.	(Ay!)
Ant.	Y bien?...
Sant.	Que aquí han sonado tiros. Dónde está el difunto?
Ant.	Aquí no hay difunto ninguno. No es verdad?
Rufo.	No, ninguno. (Me rio?) (Ap. á Antonio.)
Ant.	Sí.
Rufo.	Jé, jé, jé.
Sant.	Este señor tiene una risa que parece la de un conejo.
Rufo.	Verdad que sí? Jé, jé, jé.
Sant.	Aquí huele á chamuscado.
Rufo.	(Á chamusquina querrás decir. Doctor, sálveme usted.)
Sant.	¿Dónde está el difunto? (Buscando.)
Carmen.	Somos perdidas!
Rufo.	(Le doy á usted mil duros.)
Ant.	Vengan. (Rufo le da una cartera.) Le pillé.
Sant.	(Pescó la mosca.) Aquí está el difunto. Todo el mundo á la cárcel.
Carmen y Man.	Ay!
Ant.	Deténgase usted. Aquí todos somos inocentes.
Sant.	Entónces, quién ha matado á este difunto?
Ant.	La Providencia. Ha muerto en el hospital, y yo en mi calidad de médico, me lo he traido para estudiar sobre él.
Sant.	Puede usted probarlo?
Ant.	Sí señor. (Le da un billete.)
Sant.	Tiene usted razon. Señor muerto, soy de usted como debo.
Rufo.	Y yo me puedo retirar?
Sant.	Cuando guste.
Rufo.	Muchas gracias. Jé, jé, jé. (Ahora sí que me rio.) (Vase dejándose el sombrero.)

ESCENA ÚLTIMA.

DICHOS menos D. RUFO.

Ant.	Escamado va el viejo.

CURRO. ¡Huy! cómo me duelen los riñones! (Levantándose. Sale Rufo.)

RUFO. Yo estoy loco; me iba sin sombrero.

CURRO. (Huy!)

MAN. (Tiéndete!) (Curro se tiende de repente al otro lado donde habrá pasado.)

RUFO. Demonio! Este muerto anda solo.

MAN. Le hemos colocado aquí para que esté más cómodo.

RUFO. ¡Ya! (Hum... hum...) Qué sé yo!... Vaya, adios, señores

CARMEN. Y la boda?

RUFO. Ya te escribiré.

SANT. Soy de usted como debo. (Váse Rufo.)

CURRO. Me pueo ya alevantá?

CARMEN. Sí.

CURRO. ¡Grasias á Dios! (Todos se reunen y forman corro hablando animadamente pero con cierta reserva.)

CARMEN. Bien se la hemos pegado al tio!

ANT. Soltó la mosca! Triunfamos, amor mio!

CARMEN. Ya creo que estamos libres.

CURRO. Ya tiene usted mil duros.

ANT. Para mi título.

CURRO. Para mi barbería.

MAN. Nos casaremos.

CURRO. En seguida.

CARMEN. He perdido el pleito, pero he ganado tu corazon.

ANT. Alegría!

TODOS. Alegría! (Rufo, que habrá ido bajando sin ser visto, se coloca detrás del grupo y asoma la cabeza por el centro.)

RUFO. Muuuu... (Bramando.)

TODOS. Ay!

RUFO. No hay que asustarse, ya saben ustedes que soy del Colmenar: pero por fortuna esta vez no entré en suerte.

CURRO. Nos la diñó el pureta.

RUFO. Está muy bien, señora sobrina.

CARMEN. Tio...

RUFO. Bravísimo, señor doctor.

ANT.   Ya ve usted...

RUFO.   Sí; ya he visto lo bastante para comprender lo que debo hacer. Pierdo tu mano, pero bien puedo decir que gano perdiendo.

CURRO.   Ha jablao osté como un libro.

RUFO.   Casaos y sed felices.

CARMEN y ANT. Gracias.

SANT.   Y aquí se acaba el sainete...

CURRO.   Perdonad sus muchas faltas.

RUFO.   Eso es muy antiguo.

CURRO.   Sí? pues ande usté; señor moderno.

RUFO.   (Al público.) Poco pido: poco quiero.
　　　　Sólo una palmada espero
　　　　ya que, por bien ó por mal,
　　　　hice el papel principal
　　　　DE ESTE SAINETE CASERO.

FIN.

Milton Keynes UK
Ingram Content Group UK Ltd.
UKHW010637290424
441924UK00005B/346